EL QUÉ
DIRÁN

EL QUÉ DIRÁN

Por Beth Goobie

Traducido por
Queta Fernandez

orca soundings

ORCA BOOK PUBLISHERS

Library and Archives Canada Cataloguing in Publication

Goobie, Beth, 1959–

[Sticks and stones. Spanish]
El qué dirán / written by Beth Goobie;
translated by Queta Fernandez.

(Orca soundings)
Translation of Sticks and stones.
ISBN 978-1-4598-2241-2 (pbk.)

I. Fernandez, Queta II. Title. III. Series.
PS8563.O8326S7418 2008   jC813'.54   C2008-901498-7

First published in the United States, 2008
Library of Congress Control Number: 2008923637

Summary: After developing an unearned reputation as
a slut, Jujube finds a novel way to take on her tormentors
and help a group of girls win back their self-esteem.

MIX
Paper from
responsible sources
FSC® C016245
www.fsc.org

*Orca Book Publishers is dedicated to preserving the environment and has
printed this book on Forest Stewardship Council® certified paper.*

Orca Book Publishers gratefully acknowledges the support for its
publishing programs provided by the following agencies: the Government
of Canada through the Canada Book Fund and the Canada Council
for the Arts, and the Province of British Columbia through
the BC Arts Council and the Book Publishing Tax Credit.

Cover images by Getty Images (front) and
Shutterstock.com/Krasovski Dmitri (back)

ORCA BOOK PUBLISHERS
orcabook.com

Printed and bound in Canada.

21 20 19 18 • 4 3 2 1

Este libro es dedicado al departamento de jóvenes adultos de la biblioteca pública de Saskatoon: Rena, Laura y Diane.

Capítulo uno

Todo comenzó justo después de que me afeité la ceja izquierda. En realidad, no quería hacerlo. El martes por la noche me dio por sacarme las cejas. Al día siguiente, parecía que me había acercado demasiado a un mechero de Bunsen durante un expe-rimento. Esto produce un tremendo trauma cuando se tienen quince años. Tuve que andar por todos lados cubriéndome la ceja, es

1

decir la no ceja, con la mano izquierda. Ese fue el día que Brent Floyd me pidió que fuera su pareja en el baile del día de San Valentín. Estaba yo metiendo los libros en la taquilla y en camino al club de fotografía para revelar unas fotos que había tomado en mi casa. Mi mamá y yo vivimos en una casa junto a Sofía y su mamá. Le había tomado un montón de fotos comiquísimas a Sofía y a mi perro Cascarita.

—¡Qué tal, Jinjolé?

Desde que puedo recordar, todo el mundo me dice Jinjolé. Tengo un ojo azul y otro verde y ahora, para colmo, me falta una ceja. Vi a Brent que venía por el pasillo. Por supuesto, mi cerebro dejó de funcionar. Lo que siempre hace en momentos de crisis. Me ha gustado este chico solamente por casi diez años, aunque nunca lo haya admitido. No es fácil tratar de actuar como si nada pasara cuando tienes la mano izquierda pegada a la frente.

—¡Hola Brent!

Brent se recostó a la taquilla de al lado y me miró a los labios. Siempre que Brent habla con una chica, le mira a los labios. La mano en la frente me empezó a sudar.

—Me imagino que más de cien chicos diferentes te han pedido ir con ellos a la fiesta del viernes —le dijo Brent a mis labios.

Cuando Brent está nervioso, siempre se pone a bromear. Y si él está nervioso, me pone nerviosa a mí. La mente se me quedó en blanco.

—¿El viernes?

—Sí. Ya sabes, el viernes. Hoy es miércoles, luego viene el jueves y después, el viernes. ¿No te acuerdas de la fiesta? —bromeó.

—¡Ah, sí! La fiesta —la mano se me movió y la puse rápidamente de nuevo en su lugar.

Brent se me acercó.

—¿Quieres ir conmigo?

El chico de la taquilla de al lado se paró detrás de Brent y dijo muy alto:

—Discúlpenme.

Me dieron ganas de meterle el libro de geografía por la cabeza.

—Sí —dije rápidamente antes de que Brent se apartara, no fuera a ser que cambiara de parecer.

—¡Súper! —se sonrió, con los ojos todavía fijos en mis labios.

El viernes por la noche, Brent tuvo que ir temprano a la escuela para ayudar a montar la banda. No me recogió hasta las siete y media. Sofía salió a examinar "mi última conquista" y mi mamá sometió a Brent, en la puerta, a un interrogatorio de veinte preguntas. Mi mamá usa métodos militares con todos mis enamorados.

—¡Fiu! No pensé que saldría con vida de ésa —me dijo Brent cuando íbamos en camino a su automóvil.

Me sonreí.

—A eso le llamo yo amor de madre. ¿Quién se escapa de eso?

Ya me había acostumbrado a tener sólo una ceja, así que dejé de tapármela todo el tiempo. La primera vez que salgo con un chico, siempre me quedo muda, pero Brent y sus bromas lo hacen todo más fácil. Cuando llegamos al baile ya estábamos pasándola divinamente. Sólo teníamos el problema habitual con la música suave, de quién pone qué mano, dónde.

A Brent le gusta bailar muy apretado. Más apretado de lo que yo estoy acostumbrada. Una parte de mí se preguntaba si íbamos a dejarnos marcas en el cuerpo. La otra quería comenzar a quitarle la camisa.

A mitad de la canción, Brent tuvo que ir a hablar con los chicos de la banda sobre algo. Yo fui a hablar con Carlos, un chico que conocí en el club de fotografía. Es un tipo solitario y que no habla mucho. Llevaba sus pantalones vaqueros de siempre y estaba recostado a la pared. Me recosté a la pared junto a él y vi a Brent hablando con el baterista.

—Así que viniste a la fiesta con el Súper Rápido.

Carlos bebió de su Coca Cola.

—¿El Súper Rápido? —le pregunté.

Carlos me miró por un momento, sonrió, me dio su Coca Cola y dijo:

—Brent.

Yo bebí, tratando de que no se diera cuenta de que estaba ruborizada.

—Mira, han pasado dos horas y todavía soy virgen.

Carlos se rió.

—¡Y a mucha honra! —dijimos a la vez.

Eso es lo que decimos todos, chicos y chicas, en la clase de educación sexual.

—¿Y tú, con quién viniste?

Me había dado cuenta de que estaba solo, pero quería vengarme del mote que le había dado a Brent.

Carlos se levantó de hombros.

—Sólo vine a oír la música.

—Ya te creo. Quienquiera que sea, seguro que te morías de miedo por llamarla —me burlé.

—Quizás —dijo Carlos, con la vista en la distancia.

En eso se nos acercó Brent.

—Oye, Jinjolé. Tengo que ir al automóvil a buscar algo para los músicos. ¿Vienes conmigo?

Carlos vio cómo nos marchábamos, sin decir una palabra.

A veces, parece que le vienen encima unos estados de ánimo más negros que la noche. Es como si le estuvieras hablando a una persona en coma. Desde la puerta, me volteé y le dije adiós con la mano. Todavía estaba allí parado, mirándonos.

Una vez afuera, Brent me tomó la mano y corrimos hacia el automóvil en la fría noche de febrero. Había menos diez grados, tolerable si vas con un buen abrigo. Brent tiritó mientras abría la puerta.

—Apúrate, entra. No. No delante, detrás —dijo.

Me metí de cabeza en el asiento de atrás pensando que lo que buscaba Brent estaría allí. Se metió detrás de mí y cerró la puerta.

—¡Mi madre, qué frío hace! —se echó hacia delante y puso el auto en marcha. Luego, se dejó caer en el asiento y me apretó contra él. De pronto, comencé a entrar en calor. En la oscuridad, y tan cerca de él, era fácil que algo sucediera. Su boca se puso suave mientras la frotaba contra la mía. Le puse una mano en la garganta y sentí sus quejidos bajo mis dedos.

—Mentí —me susurró.

—¿Qué? —todo se volvió borroso, la escuela, los otros chicos, el baile.

Brent se rió en mi oído.

—No tenía nada que buscar. Sólo quería tener la oportunidad de hablar contigo.

—¿De qué? —de pronto me vino a la mente lo que dijo Carlos: el Súper Rápido.

—De esto —y comenzó a besarme el cuello y a tratar de desabrocharme el botón de la blusa—. Y quiero decírtelo bien.

En cuanto comenzó a besarme, supe que no tenía que buscar nada para los músicos.

Yo no quería destruir un momento con el que había soñado siempre, pero había algo en la forma en que se reía que me molestaba. Actuaba como si se hubiera anotado un punto conmigo, la inexperta a la que hay que enseñarle cómo son las cosas.

—¡Ay! Espera un momento —dije, alejándome un poco. La sensación de bienestar se desvaneció. Éramos, otra vez, dos personas sentadas en el asiento de atrás de un auto congelado. Pensé en el envenenamiento por monóxido de carbono. Soy muy joven para morir... por amor o por sexo.

—¿Qué pasa, Jinjolé? Mira que me gustas hace ya mucho tiempo —dijo Brent.

—Tu también me gustas —dije mientras me ponía la blusa dentro de la falda. Quería pensar. Tenía una mala sensación en el estómago.

—Entonces, ¿cuál es el problema? —dijo, tratando de besarme de nuevo. La mala sensación en el estómago se hizo más fuerte.

—¡No!

—¿A qué le tienes miedo?

—No tengo miedo.

Y no lo tenía. Había algo que no estaba bien y no podía decir exactamente qué.

—A las chicas siempre les da un poco de miedo todo esto —dijo.

¿Qué sabes tú? ¿Acaso eres una chica? pensé. La voz me salió muy diferente de lo que yo quería: soné enfadada.

—Brent, yo no voy a lanzarme a esto así , súper rápido. Vamos a regresar. Ahora mismo —le dije.

Capítulo dos

El mote de Brent se me salió sin darme ni cuenta. Brent me echó una de esas miradas. Parecía que lo habían golpeado en la cabeza.

—¿Qué tú dijiste? ¿Súper rápido? —sonó cómo si algo le doliera.

Me di cuenta de que él había escuchado su mote antes, y más de una vez.

—Nada. Lo que pasa es que no tenemos que hacer nada esta noche, ¿entiendes?

Eso no era lo que yo quería decir. Me gustaba lo que estábamos haciendo tanto como a él. Pero las palabras salían de mi boca de una forma extraña y no sabía cómo podía arreglarlas. De pronto todo me pareció mal.

Brent no me miró a los ojos. Se le veía el enojo en la cara a la tenue luz de las luces de la calle. Cuando se volteó, el enojo se le había borrado y tenía una expresión amistosa, como siempre.

—Pero si no hicimos nada —dijo.

Yo me ruboricé. Me sentí estúpida.

Brent se recostó en el asiento y se quedó quieto por un momento.

—Mira, tú de verdad me gustas —dijo calladamente.

—¿De veras?

—Sí.

Hablamos por un ratito. Entonces, apagó el motor y regresamos caminando a la escuela. Justo en la puerta, se me acercó y nos besamos.

—Lo siento —me dijo.

Pude ver otros chicos mirándonos. Estaba tan contenta de que el incidente se hubiera resuelto entre nosotros que les sonreí. Cuando miré a Brent, él también les sonreía. El resto de la noche transcurrió felizmente.

Cuando Brent me dejó en la casa, nos sentamos a la puerta mirándonos los labios. Extendí el brazo y le toqué la boca.

—Me gustas —le dije.

—¿Mucho? —dijo bajito entre mis dedos.

—Mucho. Nos vemos el lunes.

Vi cómo su auto se alejaba entre la nieve que caía. Decidí olvidar aquel momento desagradable en el asiento del auto, como si nunca hubiera ocurrido.

Pasé el fin de semana estudiando para los exámenes y leyendo *La fierecilla domada* para la clase de inglés. De no hacer las tareas, tendríamos que vérnosla con Labios Muertos, el profesor de inglés. Y eso no era ninguna gracia.

Sofía, la amiga que vive conmigo, estudia frente a la televisión, con el libro abierto sobre las piernas en caso de que alguien se aparezca. Sofía es tres años mayor que yo. Hace varios años sus padres se divorciaron, porque el papá le daba unas palizas horribles. Lo mandaron a la cárcel por seis meses. Sofía tuvo que ir a vivir a una casa de acogida mientras a su mamá

la atendían en un centro de rehabilitación para alcohólicos. Fue un año
muy difícil para ella y terminó repi-
tiendo el décimo grado. Después del
programa de rehabilitación, Sofía y su
mamá se mudaron con nosotras.

—¿Cómo te va con la química? —
le pregunté.

Sofía estaba mirando los dibujos
animados de los sábados por la
mañana.

—¿Cómo te fue con la cita de
anoche? ¿Hicieron buena liga? —me
preguntó.

A Sofía siempre le gusta mortifi-
carme con el asunto del sexo. Su novio
está en la universidad y ella se la pasa
hablando de eso todo el tiempo.

—No estuvo mal —Sabia que la
cara se me ponía roja.

Sofía se rió.

—¿Aprendiste algo nuevo?

Refunfuñé. Ella extrañaba realmente a su novio.

—A Brent lo llaman el Súper Rápido.

Sofía arrugó la frente.

—¿Y lo es de verdad?

Me encogí de hombros. Sofía sonrió.

—Si lo fuera de verdad, ya lo sabrías.

Brent no me llamó en todo el fin de semana. Me pareció raro, pero no mucho. Después de todo, yo tampoco lo llamé. Estaba esperando ansiosamente el primer turno del lunes por la mañana: la clase de inglés. Cuando entré por el pasillo, pude escuchar la voz de Brent y la risa de otros chicos alrededor de él.

Siempre de bromista, pensé.

Caminé hacia él, y allí estaba, como siempre, recostado a su pupitre. Me miró. Sonreí. Entonces noté que todos los chicos a su alrededor me miraban también. Dirigí mi mirada a Brent. Por un segundo me pareció que algo le preocupaba. Entonces se sonrió y la preocupación se le borró de la cara.

—Hola —me forcé a decir.

No fue Brent el que me contestó. El chico que estaba a su lado se rió y me dijo:

—Oye, Jinjolé, apuesto a que te sientes como una mujer nueva, ¿eh?

El grupo se echó a reír. Abrí la boca para responderle, para decirle algo, pero las palabras no me salieron. Brent ya no me miraba. Había agachado la cabeza, sonriéndole de lado al chico que había hablado. Alguien le dio unos golpes en la espalda. Entonces Brent se volteó y comenzó a hablar con otra chica. Todo el mundo me dio la espalda como si yo no existiera. Algo había pasado, pero yo no podía darme cuenta de qué se trataba. ¿O en realidad, sí lo sabía?

De todas maneras, no podía quedarme allí parada como si el tiempo se hubiera detenido. Levanté la cabeza y caminé hasta mi asiento detrás de Carlos. Caí en el pupitre junto con mis libros como un camión de dos toneladas de peso.

—Hola —me dijo Carlos, dándose la vuelta.

—¿Qué? —miré la calle a través de la ventana. Necesitaba dos minutos para poner mis pensamientos en orden.

Carlos me agarró un dedo de la mano.

—Oye.

Tuve que mirarlo.

—Son unos imbéciles —me dijo. No me soltó la mano.

De pronto, me encontré pestañeando a toda velocidad.

—¿Crees?

—Sí.

Labios Muertos se levantó y carraspeó. Entonces le preguntó a alguien de la clase que dijera cuál era la trama de *La fierecilla domada*. Como siempre, todo lo que recibió fue un profundo suspiro. Entonces, uno de los chicos del grupo de Brent dijo:

—Se trata de uno que quiere conseguir a una chica. Ella se hace la importante, pero en realidad no es tan difícil como aparenta. Al fin se rinde. Se casan. Y ahí termina todo.

—Parece una película de los viernes por la noche —dijo Labios Muertos.

—La misma cosa —dijo el chico, levantando los hombros. Algunos de los que estaban alrededor de él se rieron. Todo a mi alrededor se detuvo, todo. Hasta la nieve que caía pareció detenerse a mitad de camino entre la tierra y el cielo. Yo queria que todo se quedara así, inmóvil en el tiempo, para no tener que enfrentar lo que venía después, lo que me decía el instinto.

Carlos se revolvió en el asiento delante de mí, y luego habló. Me quedé sorprendida. Carlos nunca había dicho una palabra en clase.

—Yo lo sé, pero a lo mejor no lo entiendo bien.

—¿Qué es lo que tú no entiendes, Carlos? —dijo Labios Muertos.

Carlos hizo saltar el bolígrafo contra el pupitre. Vi como las orejas se le ponían rojas.

—¿Por qué ella se casó con ese tipo? A mí me parece que es un perfecto imbécil.

Por primera vez en el curso Labios Muertos pareció cobrar vida. Levantó las cejas y se quedó boquiabierto.

Yo pensé: *¡Ay! Carlos va a reprobar inglés de lo que no hay remedio.*

—Bueno, Carlos, me imagino que eso quiere decir que en realidad te leíste la obra —dijo.

Los orejas de Carlos se tornaron púrpura. Era la primera vez que Carlos abría la boca en clase y Labios Muertos no le daba crédito. Levanté la mano.

—A ver, Trudy.

Ése es mi verdadero nombre.

—Estoy de acuerdo con Carlos. Yo también pienso que el tipo es un verdadero imbécil.

Labios Muertos me echó una mirada que me congeló.

—¿Alguien más en la clase opina lo mismo que estos dos?

Nadie dijo una palabra. Esto lo hizo sentirse satisfecho.

—Todos, abran el libro en el segundo acto.

Toqué a Carlos en la espalda y le dije bajito:

—Gracias.

Carlos se volteó un poquito en el asiento, sonrió y me dijo:

—Labios Muertos también es un imbécil.

Capítulo tres

Tenía una sensación horrible. Era como si el Titanic hubiera naufragado dentro de mi estómago. No se me pasaba con nada. El hecho de que Carlos fuera amable conmigo no mejoraba las cosas. Tenía un examen sobre formaciones geológicas en qué pensar. Miraba el papel delante de mí y todo lo que quería escribir era:

Forma rocosa: Brent Floyd.

Pero no lo hice. Parecía que había reprobado mi vida social, pero no quería que me pasara lo mismo con geografía. Además, todavía me gustaba Brent. Y mucho. Pensé que todo era seguramente una equivocación. Hablaría con él y todo se aclararía.

Iba yo caminando por la cafetería de la escuela cuando todo comenzó otra vez.

—¡Oye, Jinjolé!

Un grupo de amigos de Brent estaba sentado justo frente a mí. En realidad, eran también mis amigos. Muchas veces almorzábamos juntos. Les sonreí. Ninguno de ellos estaba en mi clase de inglés.

—¿Qué tal, chicos?

Alguien dejó escapar un silbido.

—Oye, Jinjolé —alguien me contestó, pero con una voz diferente, como si existiera un secreto entre nosotros. Pero, ¿qué secreto? Todos sonreían.

Yo no iba a dejar que sucediera lo mismo. Entrecerré los ojos y me acomodé en el asiento. Traté de aparentar aburrimiento.

—¿De qué se ríen?

—¿De qué se ríen? —repitió un chico llamado Ralph. La semana pasaba me había ganado una partida de póker—. Tú nos dirás.

Algo frío y húmedo corrió por mi mano. Se me había derramado el *Canada Dry*.

—Romance en el asiento trasero —dijo Ralph como cantando. Todos se rieron.

Sentí que me alejaba en una caída lenta. A mi alrededor los chicos continuaban gritando y riéndose. Una maestra pasó de largo. Para los que nos miraban, todo parecía una conversación normal entre amigos.

Una conversación normal entre amigos, pensé.

Puse mi refresco y mis papitas fritas en la mesa.

—¿Están bromeando, no?

Ralph dejó de mirarme y fijó la vista en otro chico.

—¿Qué crees, Scott… le damos un siete?

Scott me miró de arriba a abajo.

—¿Un siete? A lo mejor.

—En su mejor día, quizás —dijo otro chico.

—Ah, ¿en un buen día como el viernes?

—¿Como el viernes pasado? —completó Ralph.

Todos se echaron a reír otra vez.

—Todos ustedes son unos cerdos —les dije.

Por un momento, estuvieron callados. Entonces Ralph balbuceó algo. En ese momento debí olvidarlo todo y mar-charme, pero estaba furiosa.

—¿Qué fue lo que dijiste, Ralph? —le pregunté.

Hizo algo parecido a una mueca. No dijo palabra y no se atrevió a mirarme. Caminé alrededor de la mesa y me paré frente a él.

—¿Aprobaste el examen de Matemáticas para el que te ayudé a estudiar, Ralph? —le pregunté.

Ralph le abrió un hueco a su sándwich. Pude ver que el cuello se le iba poniendo rojo. Sin mirarme dijo:

—Ah. Olvídalo, Jinjolé.

—No me digas.

Caminaba yo de regreso para recoger mi almuerzo cuando Scott habló. Habló claro y alto, para que todo el mundo lo pudiera escuchar.

—Él dijo que en la fiesta fuiste un diez, Jinjolé, quiero decir, en el estacionamiento. Un perfecto diez. Una verdadera experta.

Aquello fue como si me hubieran atropellado a toda velocidad contra un muro de concreto. Por un momento, el mundo desapareció a mi alrededor. Entonces, una mano me tomó por el brazo.

—Vamos —me dijo Carlos.

—Ajá. Ahora es Carlos el que parece tener suerte —dijo Scott.

Carlos se detuvo. Dio media vuelta y les echó una mirada fulminate. Todos bajaron la vista.

Carlos puede manejar esta situación, pensé. *Él es un chico.*

—Oye, Scott. ¿Vas a practicar con la banda después de las clases? —dijo alguien para romper la tensión.

Carlos y yo salimos de la cafetería. Cuando llegamos a las escaleras, nos sentamos.

—¿Te sientes bien? —Carlos comenzó a comerse mis papitas fritas. Yo miraba a lo lejos sin decir nada. No podía encontrar palabras.

—Jinjolé.

—Nunca me habían hablado así antes —dije casi murmurando.

—Sí que lo han hecho —dijo Carlos.

—No, a mí no.

—Bueno, puede que no a ti.

Supe lo que quería decir. Otras veces hasta yo me había reído cuando se trataba de otra chica. Me imagino que nunca pensé que podría ocurrirme a mí.

—Yo pensé que eran mis amigos.

—Menudos amigos.

—Me crucificarían.

—Posiblemente —Carlos seguía a mi lado, comiéndose mis papitas fritas.

Ni que fuera el fin de mi vida, pensé.

—Carlos. Yo no hice eso que ellos dicen —dije.

Carlos resopló.

—Yo no soy tu mamá. Y lo que tú haces no es problema de nadie.

—Sí, lo sé. Pero es peor cuando todo lo que dicen es mentira.

Carlos se levantó de hombros.

—Algunos chicos mienten sobre eso constantemente. Piensan que si ellos no se han anotado ningún tanto, no son nadie. Por eso mienten.

—Tú eres un chico, ¿no?

Se sonrió.

—Pues sí.

—Entonces, tú también mientes sobre eso.

—Yo les digo que no es asunto de ellos.

Lo vi cómo se tomaba mi refresco.

—¿Qué otra cosa dicen de mí? —
le pregunté.

—¿De verdad lo quieres saber?

—Más me vale.

Carlos parecía estar muy tenso.

—Te lo diré de la forma más suave
posible. Dicen que eres fácil y que
no tienes reparos ninguno. Que te
acuestas con cualquiera en la primera
cita y que haces todo lo que se te
pida… y no voy a darte detalles.

Lo único que quería era desa-
parecer. Esos chiquillos usaban mi
nombre como si fuera un chiste de
relajo. Ya le había sucedido a otras
chicas. Ellas se limitaban a esperar a
que todos se aburrieran de los mismos
rumores. A veces, la gente se olvida de
las cosas, otras veces no. Yo no podía
quedarme de brazos cruzados.

Tiré la lata de refresco medio vacía
con todas mis fuerzas contra la pared.
Y luego me quedé maldiciendo por un

buen rato. Carlos se quedó sentado a mi lado esperando a que me calmara. Cuando me sentí mejor, me miró admirado.

—Jinjolé. Ellos no valen la pena —me dijo.

Yo me reí sin ganas. En realidad quería llorar.

—Los chismes son el motor de esta escuela. No importa quién los eche a rodar.

—Entonces, déjalos que hablen —me dijo Carlos.

No creo que él entienda muy bien cómo funciona todo, pensé.

—Carlos, hay cerca de dos mil alumnos en esta escuela, ¿no? Imagínate que cada uno de ellos diga algo acerca de mí. Serían dos mil chismes que tendría que aguantar. Aunque yo no los escuche, sé que andan rodando. Los puedo sentir. Y si todos se rieran de mí, ¡ja, ja, ja! serían seis mil "jas" con los que tengo que vivir.

Carlos respiró profundo.

—Mira. No puedes dejar que ese tipo de gente determine tu vida o las de los demás. Ahora das media vuelta y entras como si fueras la pura verdad y ellos no fueran más que una mentira.

Traté. Carlos y yo regresamos a la cafetería y caminamos entre las voces hasta el otro lado. Me sentí como en un pequeño desfile donde todo el mundo, secretamente, me estaba observando. Un par de chicos dijo "¡Hola!" Nadie dijo una palabra sobre mi vida sexual. Pero sentí que todo el mundo lo estaba pensando. Pude sentir las vibraciones que llegaban con una fuerza increíble.

Capítulo cuatro

Esa tarde fue irreal. Todo estaba en su lugar, como siempre, pero yo no lo veía igual. Mientras corría en el gimnasio, olvidé lo que había ocurrido, pero luego, ese sentimiento volvió de nuevo. *Hay algo que no está bien*, pensé, mirándolo todo. *Aparentemente todo funciona normalmente, pero yo siento algo extraño. ¿Por qué todo me parece tan raro?*

Muy pronto encontré la respuesta en algún lugar de mi estómago: *Era yo.* Si Brent estaba echando a rodar rumores sobre mí, me estaba obligando a llevarlos conmigo. ¡Era una sensación irreal!

Esa tarde cuando puse el programa de *Star Trek* me sentí a gusto. Eso era lo que yo quería: flotar en el espacio, lejos de todo el mundo. Cascarita puso la cabeza en mis piernas y suspiró. Sus dueños originales eran de Escocia, así que cada vez que el personaje Scotty hablaba, gritándole al capitán Kirk, Cascarita movía la cola.

Ir a lugares donde ningún ser humano jamás ha llegado, pensé. *Llegar donde nace la luz de las estrellas.*

"No puedo evitarlo, mi capitán. ¡Los motores están a punto de explotar!" gritó Scotty. Cascarita volvió a mover la cola.

A la hora de la cena, Sofía estaba disgustada. Su padre había salido de la cárcel y tenía autorización para llamar de nuevo a su mamá. No la llamó a nuestra casa, porque de seguro, Sofía, mi mamá o yo le colgaríamos el teléfono. La llamó al trabajo y hoy por la noche va a salir a comer con ella. Sofía golpeaba con fuerza el puré de papas y salpicaba toda la mesa. Mi mamá no protestó.

—¿Por qué tiene que hablar con él? ¿Y si se le ocurre ir a vivir con él? —protestó Sofía.

Mamá respiró profundo y le dijo:

—Sofía, eso yo no lo puedo saber.

—Pero... él fue a la cárcel por hacernos daño —continuó Sofía.

En realidad, era bueno que mi mamá se preocupara por Sofía. De vez en cuando me echaba una de esas miradas que se traducían en "tenemos que hablar, señorita." Lo que significaba que iba a hablar de condones y de la realidad de la vida. Todo eso es parte de ser hija única. A mi mamá le dan ataques de pánico si agarro un catarro. Y también, como ya he dicho, puede ser un sargento… trabaja empacando carne en *Gainers*. Sé que si le cuento lo que sucede con Brent, le da un ataque y arremete contra toda la escuela. Afortunadamente, se tiene que ir a trabajar en el turno de noche y no tiene oportunidad de interrogarme. Parada en la puerta cerrándose el abrigo me dijo:

—Jinjolé.

—Sí, mamá.

—No creas que no sé que algo te preocupa —los ojos de mi mamá son verdes como la luz de un semáforo.

—¡Yo estoy perfectamente bien! Va al trabajo y entretente empacando carne.

La despedí con un beso y me fui al cuarto que comparto con Sofía.

Cascarita estaba muy acomodada boca arriba en mi cama. Sofía estaba sentada en la suya con los ojos fijos en la noche. Las estrellas brillaban como amigos lejanos.

—Sé que no estás del mejor ánimo, pero necesito contarte algo —le dije. Los ojos de Sofía estaban rojos.

—¿La razón por la que casi no comiste?

—Quizás.

Sofía sacó un paquete de galletitas *Oreo* de la mesa de noche que está entre nuestras camas y me dijo:

—Toma, come esta basura. Debes tener hambre.

Me comí varias galletitas y le conté lo de Brent. Sofía me escuchó en silencio mientras acariciaba un alce de peluche que tiene desde que era una bebita. Finalmente me dijo:

—¿Te acuerdas cuando yo estuve en la casa de acogida? Bueno, alguien dijo algo que se regó por toda la escuela como pólvora. Dijeron que yo estaba presa por prostitución.

—¿Cómo? Yo nunca escuché semejante cosa.

—Nunca se lo dije a nadie. Fue algo horrible… todo el mundo se reía de mí. Se burlaban de mí. Una vez hasta se atrevieron a escribir cosas sobre mí en la pizarra.

—¿Quién lo dijo?

Sofía sonrió, cerrando los ojos y negando con la cabeza.

—No importa quién fue el que hechó a rodar la mentira. Es muy curiosa la forma en que la gente se comporta. Es como si se llenaran de poder cuando están en grupo y entonces arremeten contra cualquier persona.

—¡Pero yo no les he hecho nada!

Sofía apretó el muñeco de peluche contra su pecho.

—Es algo así como un complejo de poder. Te pueden dar una buena reputación o una mala reputación. Ellos tienen el poder de hacerlo. Pueden hacer de ti lo que quieran.

Me quedé pensando en lo que dijo.

—Y entonces, ¿cómo terminó todo?

—Después de un tiempo se olvidaron de mí y encontraron a otra persona a quién destruir.

Escuchamos que se abría la puerta de la casa. Era la mamá de Sofía. Sofía saltó de la cama y corrió escaleras abajo. Mientras escuchaba sus voces, abracé el muñeco viejito de Sofía. Cascarita gimió. A lo mejor Sofía había salido ilesa de la experiencia, pero yo sé que le había causado dolor. Me puse furiosa.

Durante las semanas siguientes, las cosas se calmaron un poco en la escuela. Sólo unos cuantos comentarios por aquí y por allá. Aunque los rumores continuaron y se manifestaron en los lugares menos esperados, como el día en que Carlos y yo salíamos del cuarto de revelado. Los otros chicos del club de fotografía comenzaron a reírse y a dar ronquidos. Nunca lo habían hecho antes. Por supuesto, no todos actuaban de esa manera. Algunos hacían todo lo posible para ser amables y actuar como si nada estuviera pasando. No era que todos mis amigos me hubieran dado la espalda o algo parecido. Lo que sucedía era que si alguien hacía un comentario sobre mí, todos se reían. *Hasta las chicas.* Traté de tomarlo con sentido del humor y participar de las risas.

Por lo menos, no tenía que ver a Brent todo el tiempo. Antes me lo encontraba en todas partes. Ahora, no. Yo era como un microbio que él tenía que evitar. En la clase de inglés lo tenía que ver irremediablemente. Se sentaba al otro lado de la clase, riéndose de todos los chistes de sus amigotes, sin atreverse a mirarme. Después de una semana de este tratamiento, alguien me pasó una nota. Labios Muertos estaba escribiendo algo en la pizarra. La nota estaba doblada varias veces en una pequeño cuadrado. Tenía mi nombre escrito por fuera. Lentamente, la abrí.

Dentro, alguien había dibujado por toda la página, parejas durante el sexo, en diferentes posiciones. Debajo de todas las mujeres estaba escrito mi nombre. Debajo de cada hombre, un nombre diferente. Habían puesto como título: Negocio de familia. Pensé en Sofía. Todos saben que ella vive conmigo. Todos piensan que somos hermanas.

—Déjame ver —Carlos extendió su mano. Negué con la cabeza y miré por la ventana.

—Dámela —insistió.

—Carlos, quizá tú pudieras decirnos… —Labios Muertos la había tomado con Carlos otra vez.

Sentí alivio y metí la nota dentro de *La fierecilla domada*.

Después de la clase, salí disparada del aula. Carlos me alcanzó a mitad del pasillo.

—Déjame verla —extendió una mano y la puso sobre mi brazo.

—No —traté de alejarme, pero él alcanzó la nota.

Mientras leía, hablaba con los dientes apretados, a una velocidad vertiginosa. Yo tenía los ojos fijos en un póster de seguridad contra incendios.

—Tú les estás permitiendo que determinen quién eres —me dijo.

Me dieron ganas de darle un puñetazo que lo lanzara al espacio junto a Spock.

—No. Yo no.

—Sí. Tú sí.

Indignada le grité:

—Claro, porque esto no te está sucediendo a ti. Así que no me digas que sabes lo que estoy pensando. Y no me vayas a decir que sabes cómo me siento.

No dio media vuelta y se fue como yo esperaba que hiciera. Me miró directamente a los ojos y me dijo:

—Perdóname.

Lo próximo que dije me salió de lo más profundo. Del lugar donde más me dolía.

—Carlos, a veces me parece que es verdad. Lo dijeron, y así es cómo me hacen sentir. Yo sé que no es así, pero siento que todo el mundo lo está diciendo y que entonces se convierte en verdad.

—¡Yo no lo estoy diciendo!

—Pero tú no eres "todo el mundo."

Se quedó callado mirándome. Era posible que finalmente me entendiera.

—Duele, Carlos. Duele mucho.

Le quité la nota de la mano. Mientras la metía de nuevo en el libro, se apareció Sofía.

Qué oportuna, pensé. Sofía estaba en el duodécimo grado y jamás nos veíamos.

—¿Qué es lo que te pasa? —me preguntó.

—Nada.

—Parece que se te ha venido el mundo encima.

La mirada de Carlos me hizo cambiar de idea. Le di la nota. *Negocio de familia* la oí leer. Sofía no es de decir groserías, pero cuando lo hace, siempre me enseña formas únicas de usar las palabras. Carlos se quedó asombrado.

—Con que *Negocio de familia*, ¿eh?

Rompió la nota en mil pedazos y la

tiró en el latón de basura más cercano. Me puso un brazo sobre los hombros y me dijo:

—Les vamos a enseñar quién es nuestra familia.

Capítulo cinco

Después de lo de la nota, las cosas conti-nuaron sucediendo, a un ritmo constante, como los latidos del corazón. La mayoría de las cosas parecían no tener relación alguna con Brent. Él, probablemente, ni sabía la mitad de ellas. De todas maneras, yo lo consideraba el culpable. Sólo de pensar en él, mis manos se transformaban en puños. Por él comenzó todo esto. Ahora, chicos que jamás había conocido o con los que jamás había hablado hacían comentarios de mí por los pasillos.

—¿Estuviste muy ocupada el viernes? —me dijo uno.

—¿Y qué estuviste haciendo a la hora de almuerzo? —me preguntó otro.

Nunca se acercaban a tocarme, pero me parecía que lo habrían hecho, si lo hubieran querido. Yo trataba de sonreír y echarlo a broma. Les contestaba:

—Sí, estuve ocupadísima —y seguía mi camino.

En realidad, tengo mejores cosas en qué pensar, me dije. Labios Muertos nos había dado un nuevo proyecto: "Los medios de comunicación: la televisión, el cine, la radio y los libros."

Traté de concentrarme en el proyecto. Teníamos sólo un par de semanas para terminarlo.

La situación entre Sofía y su mamá empeoraba. Una tarde llegué a casa y me encontré a Sofía peleando en el teléfono:

—¡Pero, mamá, me prometiste que íbamos a ir al cine esta semana! —y le tiró el teléfono. Cuando bajé, Sofía estaba abriendo con furia un paquete de galletas. Cuando ella se disgusta le da por comer y luego protesta de que está gorda.

Metí las galletas en el paquete.

—Te puedes comer sólo tres. Eso es todo —y comencé a alejarme con el paquete en la mano.

La voz de Sofía era un hilo y se diluía en una terrible tristeza.

—Mamá va a pasar el fin de semana en la casa de mi padre.

La miré fijo.

—¿Cómo puede hacer eso?

—Ella es demasiado buena —dijo Sofía con la vista en la distancia.

—Pero tú te vas a quedar aquí con nosotros, ¿verdad?

Las dos sabíamos que yo quería decir *en caso de que tu mamá quiera regresar con él.*

—¿Y qué va a ser de mi mamá? —Sofía comenzó a llorar.

La abracé con fuerza.

—Sofía, yo siempre estaré a tu lado. Siempre seré tu hermana.

Sofía sollozó.

—Sí, ¿recuerdas? *Negocio de familia.*

Cuando su mamá regresó esa noche, Sofía no le dirigió la palabra. Yo me senté frente al televisor con Cascarita a ver los programas de *Star Trek* que tenía grabados en el vcr. Iba a ser una semana dura y sólo estábamos a martes.

Al día siguiente, estaba yo en el baño de las chicas, justo antes de la clase de educación física, cuando lo vi. Estaba yo mirando cúanto me habían crecido las cejas. Pude oír a las otras chicas que salían de las taquillas para el gimnasio. Fue entonces que vi algo en la pared. En el espejo, las palabras se leían al revés, pero me resultaron familiares. Lentamente, me volteé.

Allí, en la pared del baño, alguien había escrito mi nombre. No una, sino muchas veces. Alrededor de mi nombre habían escrito: Prostituta. Si quieres pasar un buen rato, llama a Jinjolé Gelb. Y habían puesto mi número de teléfono. En una esquina, distintas chicas habían escrito comentarios sobre mí, uno después del otro. No era distinto a lo que yo había visto antes, pero esta vez, era sobre mí.

Me recosté al lavamanos y me quedé mirando la pared. De pronto, todo me pareció estúpido. Eso no tenía nada que ver conmigo en lo más mínimo. Me entraron ganas de reír, pero no pude encontrar la risa dentro de mí. No sentí nada, era como si yo fuera nada.

Me acordé de algo que un chico me había dicho esa mañana en la biblioteca:

—Oye, Jinjolé. Cada vez que voy a orinar me acuerdo de ti.

Cada vez que voy a orinar. Dejé mis cosas en la taquilla y salí al pasillo. Sabía que era el turno en que Carlos no tenía clases. Estaba en la cafetería, solo, como siempre, mirando cómo caía la nieve.

—Carlos, necesito tu ayuda —le dije.

—Dime —me siguió a lo largo del pasillo. Cuando me detuve frente a uno de los baños de los chicos, me miró confundido.

—Voy a entrar aquí —le dije.

Enseguida supo lo que yo quería.

—Yo lo sé, Jinjolé.

—Tengo derecho a saber qué es lo que dicen de mí.

—Tú debes de tener una idea —sus ojos me decían que no lo hiciera.

Escuché los latidos de mi corazón como si estuviera fuera de mi pecho. Miré a Carlos.

Él suspiró:

—Te puede pesar, Jinjolé.

Carlos entró para averiguar si había alguien adentro. Yo esperé. En mi mente, escuché la música de *Star Trek. Llegar adonde ninguna mujer ha llegado antes,* pensé.

El baño estaba vacío. Mientras estuve adentro, Carlos montó guardia. Caminé a lo largo de los espejos y entré en todos los baños. Las peores cosas estaban escritan sobre los urinarios. Estuve largo rato leyendo. Me alegré de estar dándole la espalda a Carlos.

Cuando terminé, después de leer cada una de las palabras, di media vuelta. *Así que esto es lo que piensan de mí*, pensé. *Cuando me ven, esto es lo que les viene a la mente.*

—¿Son todos los baños de los chicos igual a este? —pregunté.

Carlos me miró alarmado.

—No querrás revisarlos todos, ¿no?

—Creo que tengo una buena idea —le contesté.

Carlos abrió y cerró los ojos varias veces. Los tenía rojos.

—Si fuera uno solo, yo lo confrontaría, Jinjolé. Pero no puedo pelear contra todos.

Ni yo tampoco puedo, pensé.

—No creo que eso resuelva el problema.

—Posiblemente no —trató de sonreír.

—Gracias, Carlos.

—De nada.

Cuando llegué a casa esa tarde, Sofía estaba mirando televisión. Me escurrí escaleras arriba hasta mi cuarto y me dejé caer en la cama. Pegué los ojos en el techo. Cascarita saltó sobre mí y puso la cabeza en mi estómago.

El nombre de Brent no estaba en ninguna de esas paredes. Sólo el mío. Vi el nombre de otras chicas. Hasta el nombre de Sofía estaba en una esquinita, ya medio borrado. Me pregunté si alguna de esas chicas tenía la menor idea de que sus nombres estaban allí. Jamás había hablado con la mayoría de ellas. Y sin embargo teníamos algo en común.

El club que ni conoce de su exis-
tencia, pensé. *Bienvenida al club de*
las prostitutas, Jinjolé Gelb.

Capítulo seis

A la mañana siguiente, decidí quedarme en la cama. Al menos por un día, me iba a quedar acostada sin hacer nada, sólo mirando pasar el día. Tenía derecho a un día fuera del infierno.

—Hola, Jinjolé —mi mamá estaba parada en la puerta del cuarto.

—Hola, mamá.

—Me dijo Sofía que estás enferma. ¿Qué tienes? ¿Catarro? ¿Te duele la garganta?

—Cualquiera de las dos cosas me vendría bien.

Se sentó en la orilla de la cama y yo me tapé la cabeza con la manta. Estaba segura de que me lo iba a sacar todo. No me hacía la menor gracia. Mi mamá comenzó a tirar de la manta.

—A mí me parece que estás más triste que otra cosa. —Podía oír su voz muy cerca. Me sentía como una niñita. Por debajo de la manta, me escurrí hasta los pies de la cama y me hice un ovillo.

—¿Dónde estás? —se sorprendió mi mamá.

—No quiero hablar —dije desde debajo de la manta.

Mamá comenzó a tirar de la manta y pronto pude ver un rayo de luz. Traté de volverme a cubrir, pero ella tiró con más fuerza y me destapó. La luz me molestaba en los ojos.

—Dime, cariño, ¿qué es lo que te pasa?

Comenzó a acariciarme la cabeza. No pude contenerme, sólo de saber que ella me adora por sobre todas las cosas. Comencé a llorar. Después de un rato las palabras salieron solas.

—Me están diciendo… —no podía pronunciar la palabra.

—¿Qué te dicen, mi hijita? —me dijo mi mamá con dulzura.

Era una palabra horriblemente fea. Yo no quería que saliera de mi boca.

—Puedes decírmelo —me dijo mi mamá.

—Prostituta —casi susurré.

Mamá me abrazó fuertemente.

—Dilo otra vez.

—¡Mamá!

—Hazle caso a tu madre. Quiero que digas la palabra diez veces.

Tragué en seco. Ella estaba complicando las cosas.

—¡Vamos! —dijo.

Lo hice. Al principio apenas podía pronunciarla. La décima vez casi la grité. Cuando terminé, me hizo decirla otras diez veces más. Al final, la palabra no era más que otra palabra cualquiera.

Mamá tomó mi cara entre sus manos.

—Cuando uno puede pronunciar una palabra, le pertenece. Lo que quiere decir que esa palabra ya no puede hacerte más daño. Es sólo una palabra, Jinjolé. No es tu nombre. No eres tú.

Abrí y cerré los ojos entre las lágrimas y pude ver su cara claramente. Fue entonces que noté que respiraba agitadamente. Eso generalmente quiere decir que está brava con alguien.

—Mamá, yo puedo resolver el problema sola. No hagas nada —le supliqué.

Mi mamá parecía estar lista para derribar un equipo completo de fútbol.

—Casualmente, tengo la mañana libre. Creo que me voy a dar un paseo por tu escuela.

—¡No, mamá! —Salí como un bólido de la cama y le caí detrás. Sabía que no era buena idea quitarle la vista de encima.

Me miró por encima del hombro y me dijo:

—Si quieres venir conmigo, vístete enseguida.

Me vestí en un santiamén. En cuanto me vio bajar las escaleras, salió por la puerta.

—Voy a calentar el auto en lo que te desayunas.

—Mamá.

Cerró la puerta.

¿Por qué tendré que tener una mamá que cree que su misión es cambiar el mundo? Cogí mi chaqueta y salí corriendo. Puso el auto a rodar antes de que yo pudiera cerrar la puerta.

—Este problema es mío — comencé a decir. Pero de sólo mirarla me callé la boca. Tenía la cara de la Estatua de la Libertad. La que siempre pone cuando está furiosa. Yo creo que las secretarias de la dirección sabían que ella iba a llegar de un momento a otro. Todas estaban mirando para la puerta cuando entramos.

—Necesito hablar con el director de esta escuela —dijo fríamente—. Ahora mismo.

La secretaria que estaba cerca dijo:

—Voy a ver si está libre en este momento.

—Mejor que lo esté —dijo mi mamá.

Desafortunadamente para el director, estaba libre en ese momento. Cuando entramos en la oficina, varios chicos llegaron buscando un permiso para entrar al aula. Pusieron los ojos como platos cuando nos vieron. *¿Cuánto tiempo tomará para que la noticia llegue a la pared de todos los baños?* pensé.

Mi madre puso al director en su lugar, como lo que ella es: una empacadora de carne. Lo cortó, lo troceó en pedacitos pequeños, lo envolvió y, luego, lo empacó. Cuando terminó de hablar, el director casi le promete mudar su oficina dentro del baño de los chicos. Parecía dispuesto a expulsar de la escuela a unos cuantos.

—En esta escuela no permitimos que se escriba en las paredes. Usted debe entender que no es fácil vigilarlos a todos, todo el tiempo. Para limpiar las paredes, tenemos que pagarle a alguien. Y como la mayoría de las escuelas, estamos cortos de presupuesto en este momento —dijo.

Mi mamá ignoró sus palabras.

—¿Cuándo van a estar limpias esas paredes? —le preguntó.

—Lo antes posible —le contestó el director.

Mi mamá le echó una mirada que pareció durar toda una semana.

—Más le vale.

Pero no fue así. Carlos trató de ocultármelo, pero por el baño de las chicas, yo supe que no habían hecho nada. Quizás los trabajadores estaban en huelga o estaban ocupados trabajando en otro lugar. De todas maneras, todo el mundo se había enterado de que mi mamá había ido a la escuela a protestar.

—De ahora en adelante, tu mamá te va a chaperonear en todas las citas, ¿Sí, Jinjolé? Ésa era la broma de moda.

Ni me lo mencionen. Creo que jamás volveré a salir, pensé.

Estaba yo en la biblioteca cuando vi una chica en la fotocopiadora. Su nombre estaba también en la pared del baño de los varones. Decidí acercármele.

—Hola, ¿te llamas Megan?

Tenía una tonelada de maquillaje y llevaba una camiseta de *Heavy Metal*.

—Sí.

—Me llamo Jinjolé.

No se rió ni me evitó.

—Sí, lo sé.

—¿Tienes un minuto para hablar conmigo? —le pregunté.

—Si tuvieras un cigarrillo… —me contestó.

Yo no tenía ninguno, pero me siguió igual. Encontramos un lugar tranquilo en una esquina del pasillo junto a una ventana. No fue fácil comenzar a hablar sobre el tema. Pero una vez que comenzamos, supe que su historia era parecida a la mía.

—Me enteré de lo de tu mamá —sonrió.

Yo entorné los ojos.

—Tienes suerte. Cuando mis padres se enteraron, me dieron de golpes. Me dijeron que ellos siempre supieron que yo terminaría así.

Así, pensé.

—Esto no puede durar toda la vida —protesté.

Megan se rió.

—Sí, claro que sí. Si dicen que eres una prostituta, entonces eres una prostituta.

—No. Tú eres una persona. Tú eres un ser humano.

—Yo soy un ser humano que lo único que quiere es un cigarrillo. —Salió caminando por el pasillo en busca de alguien que le diera uno. La vi alejarse.

Primero muerta que contarle nada más de esto a mi mamá. Por nada del mundo.

Capítulo siete

Al final de la semana, el *grafiti* estaba allí todavía. Cansada de la reputación de estrella de porno que me estaban dando, mis pies me arrastraban como ausente, de un lugar a otro de la escuela. El viernes por la tarde, me encontré con Carlos en el pasillo.

—¿Estás sonámbula? —me preguntó.

—Ojalá.

Dejó de reírse.

—¿Has montado alguna vez un avión de cuatro plazas?

—No.

—Mi papá va a volar en el nuestro mañana. ¿Quieres venir?

—¡Seguro que sí! ¿Puedo llevar a Sofía?

No es que yo llevara a Sofía a todos lados, pero su mamá no iba a estar ese fin de semana y yo sabía que ella necesitaba que la animaran.

Carlos se encogió de hombros. Caminamos hasta mi casa y entró por un momento. Mi mamá le dio leche y galletitas mientras lo ponía bajo interrogación. Cascarita acomodó su cabeza en la rodilla de Carlos y suspiró. Me pude dar cuenta de que a ambas, a Cascarita y a mi mamá, les caía bien Carlos. Algo muy conveniente si se tenía en cuenta que él me iba a remontar varios miles de pies sobre el pueblo.

Esa noche, la mamá de Sofía se fue a pasar el fin de semana con el papá. Sofía había salido y no llegó hasta cerca de las tres de la mañana. Ella tenía llave de la casa, pero mi mamá duerme con un ojo abierto y otro cerrado. En medio de la noche, me despertaron sus voces.

—Llamé a casa de tu amiga y supe que tú no habías salido con ella, como me dijiste.

—¿La llamaste? —la voz de Sofía se estaba elevando.

—Son más de las tres de la mañana. Te podía haber pasado algo.

—Tú no me mandas. Yo me sé cuidar sola.

—Te quiero y no quiero que te pase nada malo.

Me quedé en la cama sin decir una palabra. Entonces, Sofía dijo:

—Si a mi mamá no le importo, ¿por qué te preocupas por mí?

—Sí le importas a tu mamá. Y no es difícil preocuparse por ti, Sofía. Eres una persona buena.

—Si mi mamá me quisiera, no estaría con ese ser detestable. ¡No me tendría angustiada y sufriendo como lo estoy! —gritó Sofía.

—Fuiste hasta allí, dime la verdad —dijo mi mamá.

Me quedé boquiabierta y me puse la almohada en la cara. Sofía me iba a matar.

Exactamente como me imaginé, Sofía dijo:

—¡Seguro que te lo dijo Jinjolé!

Apreté fuerte mi almohada. Entonces, mi mamá le respondió.

—¿En qué otro lugar podrías estar? Tu amiga está en su casa y tu novio está en la universidad. No necesito que Jinjolé me lo diga.

Sus voces sonaron lejanas por un rato. Me imagino que mi mamá estaría tratando de calmarla.

Cuando Sofía subió al cuarto, decidió perdonarme la vida. Lo único que ella hizo fue pararse al lado de la casa y escuchar. Temía que hubiera una pelea, pero no ocurrió nada.

A las ocho de la mañana la tuve que despertar a almohadazos.

—¡Despiértate, lirón!

—¿Por qué? —gruñó.

El porqué se apareció en la casa una hora después.

Carlos y su papá llegaron en un auto que sonaba como si no tuviera tubo de escape. Me preocupó que el avión también estuviera en esas condiciones.

Sofía se sentó delante con el señor Rojas. Carlos me abrió la puerta trasera.

De pronto, me quedé paralizada. Lo único que me venía a la mente era *Romance en el asiento trasero*.

Todos estaban esperando por mí. Entonces, Carlos me dijo bajito para que nadie más pudiera oírlo: "Manos en los bolsillos. Lo prometo."

—Discúlpame —dije entre dientes y subí al auto.

—Mucho gusto —dijo entrando después que yo y apretándose contra la puerta de su lado. El señor Rojas puso el carro en marcha y salimos rápidamente.

—¿Han estado alguna vez en el cielo? —gritó Carlos sonriendo.

¿Por qué la pregunta me ponía nerviosa? Dije que no con la cabeza.

—Es divino. Y puedes regresar a casa —afirmó.

Era un día templado de marzo, la nieve

casi se había derretido. Esperábamos en la pista, con la brisa soplando en nuestras caras. Carlos llevaba una chaqueta de mezclilla y una camiseta, como siempre. Sonreía a cada rato y sus ojos parecían más negros que nunca. Hacía reír a Sofía, haciéndola olvidar todos los problemas con sus padres. Entonces vimos al señor Rojas, que traía el avión hacia nosotros.

¡Qué lindo es! pensé.

El señor Rojas abrió la puerta y dijo:

—Jinjolé, tú vienes delante conmigo.

Carlos se puso pálido. Sofía le dio un golpecito en el hombro y le dijo:

—No te queda otra que sentarte conmigo.

Los aviones pequeños hacen un ruido ensordecedor. Comenzamos a movernos por la pista, viendo al mundo pasar cada vez más aprisa. Luego, el avión se levantó un poco, dio una

suave sacudida y se elevó aun más.
Los árboles quedaron detrás y el cielo
se nos acercaba. Debajo, la ciudad se
achicaba y parecía de juguete. Allí
estaba el centro, el río y mi escuela.
¿Cómo en un lugar tan pequeño pueden
haber tantos problemas?

Ya habíamos dejado la ciudad
detrás. Ahora volábamos sobre
campos color marrón con manchas de
nieve. El señor Rojas me preguntó:

—¿Quieres llevar el timón?

Desde el asiento trasero se oyó un
grito. Era Carlos:

—¡No, papá, no!

Sofía también gritó.

—¡Yo quiero bajarme!

Los dos se morían de miedo. El
señor Rojas sonrió y apuntó a la aguja
de la pizarra.

—Mantén los ojos aquí. Esa aguja
te indica que tienes el avión nivelado.

Había dos timones y uno estaba frente a mí. Puse las dos manos en él.

Carlos volvió a gritar.

—Papá, yo no he hecho mi testamento todavía.

¿Dónde estaba el apoyo moral que yo necesitaba? El señor Rojas tocó un botón y yo tuve el control del avión. ¡No lo podía creer! Sentía que el cielo me pertenecía. El señor Rojas señaló algo por la ventana.

—¡Muy bien, Jinjolé! Mira, allá se ve Leduc.

Mi primo vivía en Leduc. Me puse a buscar su casa. De pronto, las calles parecían un poco más grandes. Escuché al señor Rojas dar un grito apagado. Tomó su timón y remontamos el vuelo.

—Ay, perdón —dije.

—¿Perdón? —gritó Sofía.

—Te lo advertimos, papá.

—¿Puedo probar otra vez? —pregunté.

—A lo mejor en un ratito —dijo el señor Rojas. Estaba pálido, así que decidí no volverle a preguntar. Un ataque de corazón al día es suficiente para una persona adulta. Nosotros, los jóvenes, podemos sufrir cinco o diez, pero tenemos que tener cuidado con las personas mayores.

Volamos cerca de una hora. De regreso, volamos otra vez sobre la escuela. Me sentí flotar. *La escuela es el problema, no yo*, pensé. No iba a permitir que destruyera mi vida. Una vez en tierra, Sofía, Carlos y yo vimos al avión alejarse hacia el hangar.

—¿Qué te pareció? —preguntó Carlos.

Estábamos muy cerca uno del otro, pero sin tocarnos. Nos quedamos mirándonos. Sofía, que estaba a nuestro lado, comenzó a toser.

—¿Ya estás trabajando en el proyecto de inglés? —le pregunté a Carlos.

Él levantó los hombros.

—Lo comenzaré la noche anterior a la fecha de entrega.

—¿Quieres hacerlo conmigo?

—Sí. ¿Ya tienes el tema?

—Quiero escribir sobre el *graffiti*.

—¡Mi madre! —dijo Sofía.

Carlos levantó una ceja y pareció muy interesado.

—¿Algún *graffiti* en particular? —preguntó.

—Muy particular —me reí.

—¿Crees que Labios Muertos lo va a permitir? —dijo Carlos, escéptico.

—Se supone que trate de las formas en que nos comunicamos —respondí—. De las formas en que transmitimos nuestras ideas. El *graffiti* del baño es sin duda una idea sobre mí que se ha transmitido por toda la escuela.

Tengo varias propuestas en mente.

—Me apuesto a que sí —dijo Sofía.

—Yo creo tener también algunas ideas —agregó Carlos.

Capítulo ocho

El lunes, Carlos y yo llevamos nuestras cámaras a la escuela. Él no fue a la clase de educación física, para poder trabajar juntos. Se dirigió al baño de los chicos y yo al de las chicas. Mientras la gente estaba en clase, los baños estaban vacíos la mayor parte del tiempo. Me detuve en la primera pared, con la cámara en la mano.

La pared era vieja y necesitaba ser reparada. Las palabras parecían ser parte de la pared, como si hubieran estado allí desde siempre. Casi estaban incrustadas en los ladrillos. La primera palabra que fotografié fue PROSTITUTA. JINJOLÉ GELB ES UNA PROSTITUTA. Tomé la foto enfocando cuidadosamente. El lente se abrió y se cerró con un chirrido.

Mientras caminé por todo el baño tomando fotos, algo increíble me ocurrió. Sentí como si estuviera traspasando una línea invisible; como si, finalmente, yo le estuviera diciendo a alguien: *No voy a tolerar esto ni un día más*. Como si hubiera recuperado mi vida y nadie pudiera volver a quitármela.

Por varios días, Carlos y yo recorrimos el pueblo y el centro comercial tomando fotos de *graffiti*. Carlos hasta le tomó una foto a un chico escribiendo en la pared del baño.

—¿Quién es ése? —le pregunté.

—Es uno del grado doce. No sé su nombre —contestó Carlos.

—Bueno, me conoce —dije. El tal chico agregaba comentarios a la ya larga lista sobre mi vida nocturna.

—No sabe quién eres —me aseguró Carlos.

Una sensación de bienestar recorrió todo mi cuerpo.

—Carlos, eres muy bueno, ¿lo sabías?

Carlos se sonrojó. Le tomó unos minutos recuperar la respiración. Deseé abrazarlo, pero no lo hice. Entonces, levantó los hombros.

—Cuando mi familia se mudó a Canadá, tuve que pasar por algo parecido. Y todo porque no podía hablar inglés. Repetí el tercer grado. Los niños se burlaban de mí y me decían cosas desagradables. Las primeras palabras que aprendí en inglés fueron las muchas cosas que me llamaban. Recuerdo que yo pensaba que las palabras en inglés no eran muy bonitas. Me imagino que tengo una idea de lo que estás pasando.

Después de que revelamos las fotos, nos sentamos a mirarlas con Sofía. Como ella estaba en el grado doce, conocía a las chicas mayores. Entre los tres, pudimos saber a quién pertenecían los nombres de esas paredes. Luego recorrí la escuela buscando a las chicas. Algunas estaban muy avergonzadas. La mayoría estuvo de acuerdo en asistir a la reunión.

La celebramos en una esquina de la cafetería a la hora del almuerzo. Sofía, Carlos y yo esperábamos. Poco a poco la mesa se fue llenando de chicas, probablemente unas quince. Algunas lucían desafiantes, otras eran de las más populares. Había una con aspecto de mojigata. Varios chicos no hacían más que mirarnos. Se alejaban y volvían de nuevo, curiosos. *Hay una sola manera de que se enteren por qué estamos reunidas*, pensé.

Cuando pareció que todo el mundo había llegado, dejé mi sándwich a un lado y dije:

—Gracias por venir. Bienvenidas a la primera reunión del club de prostitutas.

Algunas de las chicas dieron un salto. Megan, la chica con la que había hablado anteriormente, comenzó a reírse.

—Yo no le veo nada de chistoso —dijo una de las más populares.

—Ni yo tampoco —añadí.

—Entonces, ¿por qué tienes que decirlo?

—Porque yo no voy a permitir que esa palabra me moleste más. Le pertenece a las paredes de los baños, no a mí —le expliqué.

—Creo que tienes razón —dijo, convencida.

—La escuela dice que no puede limpiar las paredes porque no tiene dinero —les expliqué.

—A otro con ese cuento —dijo Megan, revirando los ojos.

—Eso no quiere decir que nosotras no podamos hacer algo. Carlos y yo estamos haciendo un proyecto para la clase de inglés sobre *graffiti*. Les tomamos fotos a todas las paredes y les queremos pedir permiso para mostrarlas.

Pasé las fotos entre todas las chicas. Mientras las miraban, observé la expresión de sus caras y el dolor que les causaba. Dejé que las observaran por todo el tiempo que quisieran. Una vez que volvieron a mirarme, dije:

—Después de todo, me alegro que la escuela no tenga dinero. Un poco de pintura sobre esas paredes sería como una curita, para cubrir y nada más. Las cosas no desaparecen si las tapamos.

—¡Tienes razón! —alguien dijo.

—Queremos usar estas fotos en el proyecto de inglés. Pero como los nombres les pertenecen a ustedes, no voy a usar las fotos si no me dan permiso —dije.

—¿Qué es lo que vas a hacer con ellas? —preguntó Megan.

Les expliqué lo que tenía en mente. Carlos agregó algo. Algunas de las chicas asintieron y otras hasta sonrieron. Otras se levantaron y se fueron, pero dos de ellas se ofrecieron para ayudar. Después de tenerlo todo planeado, Sofía tomó el número de teléfono de todo el mundo. Carlos recogió las fotografías.

Megan se recostó sobre la mesa y lo suficiente alto como para que Carlos lo escuchara, sonrió y me preguntó:

—¿Es él tuyo?

Sofía se rió. Yo me imagino que me puse más roja que un tomate. No tengo idea de qué cara puso Carlos. Por nada del mundo iba yo a mirarlo.

Megan sonrió apenada:

—¡Ay, perdóname la pregunta!

—Él es de él —dije, mirándome las manos.

Lo miré en el mismo momento en que él me miró. Nuestros ojos se quedaron fijos por unos minutos.

—¡Ahhh! ¡Creo que estos dos están enamorados! —suspiró Megan.

—Déjanos en paz —protestó Carlos.

—Ya terminamos la reunión. Por favor, pueden marcharse —agregué yo.

Capítulo nueve

Carlos y yo nos pasamos todo el fin de semana trabajando en mi casa. Teníamos que terminar el proyecto de la clase de inglés para el lunes. Vimos cómo la mamá de Sofía empacaba durante todo el fin de semana. Se mudaba de nuevo con su esposo. "Sofía se va a quedar con nosotros," había dicho bien claro mi mamá.

—Tú eres como otra hija para mí, Sofía —le dijo.

Mi mamá puede ser muy dramática, pero cuando le caes bien, no hay nadie mejor.

Sofía no le dirigió la palabra a su mamá durante todo el fin de semana y no la ayudó a empacar. Estuvo sin moverse frente al televisor, con los brazos alrededor de las piernas. Cada vez que yo escuchaba la música del tema de *Star Trek* sabía dónde estaba Sofía: lejos, pero que muy lejos. El domingo, ya entrada la tarde, su mamá arrastró todos sus bultos hasta la puerta. Fue entonces que Sofía se levantó y fue hasta ella. La miró fijo y como si fuera una niñita la llamó casi llorando:

—¡Mamá!

Corrió y la rodeó con sus brazos. Se abrazaron fuerte por un largo rato. Luego, Sofía la vio alejarse hasta el automóvil.

—Nunca pensé que en realidad lo haría —dijo bajito.

Me quedé a su lado en la entrada de la casa.

—A lo mejor regresa —le dije.

—Ella piensa que mi papá nunca va a volver a portarse mal, que todo ya pasó. Así de rápido —dijo Sofía, chascando los dedos.

—Lo siento —dije casi para mí.

—Mi papá no quiere recibir ayuda, dice que él no tiene ningún problema. Quiere actuar como si nada hubiera ocurrido, pero yo sé que él lo va a hacer de nuevo —Sofía me miró a los ojos—. Como si yo hubiera fingido que todos esos rumores sobre mí en la escuela nunca hubieran sucedido. Tú lo sabes bien, Jinjolé, aunque ahora mismo pintaran todas las paredes de los baños, esos rumores seguirían de boca en boca. Tienes razón en hacer tu proyecto.

—Gracias —le dije.

Deseé que Sofía tuviera toda la razón.

El lunes por la mañana pareció no llegar nunca. Inglés era la primera clase del día. Mientras los otros alumnos llegaban, Carlos y yo preparamos la pantalla y el proyector de diapositivas. No miré a Brent ni una sola vez, pero sabia dónde estaba en todo momento. Labios Muertos se sentó al fondo de la clase.

Carlos encendió el proyector. Yo me paré al lado de la pantalla y comencé a hablar sobre diferentes tipos de *graffiti*. Se apagaron las luces y ya no pude ver muy bien a la gente. Primero, mostramos imágenes de *graffiti* en los túneles de los trenes y en los puentes del centro de la ciudad. Hubo risas y comentarios cuando los alumnos vieron algo reconocible. El lado de Brent permaneció tranquilo. Labios Muertos no hizo comentarios y no tuvo reparos en las malas palabras.

Yo sabía cuándo aparecerían las imágenes de la escuela. Carlos hizo funcionar el proyector a mayor velocidad. Entonces se sentó con las manos juntas como si rezara por mí.

Esperé a que salieran los nombres de todas las chicas. Entonces me paré delante de la pantalla. Las palabras me golpearon con fuerza.

PROSTITUTA, decía en mi pecho. JINJOLÉ ES UNA PROSTITUTA.

Hubo gritos apagados mientras las palabras se reflejaban sobre mí. Labios Muertos amagó con pararse, pero se volvió a sentar. Después de un rato, sólo había silencio y el rítmico clic del proyector.

"*Esto es una clase diferente de educación sexual,*" pensé.

—Todos piensan que es fácil lanzar palabras así como así —les dije—. Las palabras son libres, no cobran impuestos por decirlas. Todos pueden usar las palabras como mejor les parezca.

Una vista fija de la pared del baño se reflejaba en mi cara.

—¿Y qué encierra una palabra? Las palabras no se pueden comer, beber, construir o destruir. No se pueden tocar, pero ellas sí pueden tocarnos. Como por ejemplo, "prostituta" —a pesar del entrenamiento que me dio mi mamá, aún me costaba trabajo decir semejante palabrota. Hice una pausa—. Últimamente, me cuesta más trabajo que de costumbre levantarme en la mañana. Los días se han vuelto difíciles. Tengo que tomar muchas decisiones. Si me pongo una blusa con el cuello no muy alto, pienso: ¿luciré como una prostituta? Bueno, de eso no debo preocuparme, de seguro me lo informarán inmediatamente. Tengo mucho cuidado de cómo caminar por los pasillos. ¿Camino como una prostituta? ¿Respiro como una prostituta? ¿Soy una prostituta?

Respiré profundo. Parecía que el aire de la clase se había esfumado.

—Todo el mundo sabe que una prostituta no es realmente un ser humano. Es alguien a quien se puede ofender, humillar y tomarle fotografías en poses provocativas. Te puedes burlar de ella y decir lo que quieras de ella, porque ella no es como tú. Quizá lo fue. Quizá fue una persona normal, como cualquier otra. Pero desde que alguien decidió llamarla prostituta, se convirtió en una cosa. O en nada. La palabra aparece en las paredes de los baños refiriéndose a mí y ¿qué puedo hacer yo?

Una vez que está allí, es asunto concluido. No hay nada más que decir. Es sólo una palabra y no me deja muchas más opciones... qué ropa me pongo, cómo camino o qué pienso de mí misma.

Volví a repetir la palabra.

—Prostituta. Esa palabra puede determinar mi vida... si yo se lo permito.

Nadie habló. Las diapositivas habían terminado y yo seguía de pie frente a la pantalla vacía, iluminada por una luz blanca.

Mientras recogíamos los equipos, todos se nos acercaron a Carlos y a mí. No dijeron mucho. Algunos nos daban unas palmadas en los hombros, otros movían la cabeza en señal de aprobación. Labios Muertos nos dio una A. Hizo una mueca que se puede decir era la mitad de una sonrisa y dijo:

—Las palabras no pueden expresar lo que siento.

En el pasillo, después de la clase, vimos a las chicas del club en acción. Habíamos hecho varios pósters del *graffiti* de los baños. Durante la última clase, Sofía y las otras chicas los habían colocado por las paredes de la escuela. La gente se paraba a mirarlos con la boca abierta. Las palabras en sí no eran lo que los asombraba. Era el lugar donde estaban escritas. Junto al inodoro estaban bien, pero en el pasillo de la escuela ¡eso sí que no!

Mi mamá tiene razón, pensé. *No son las palabras, sino la forma en que son usadas.*

Brent Floyd brillaba por su ausencia.

Me imaginé al director de la escuela como un loco corriendo por los pasillos y arrancando los pósters de las paredes a toda velocidad.

—No creo que pueda aguantar mucho más, mi capitán. Los motores están a punto de explotar —dije.

—¿Qué? —me preguntó Carlos.

—Nada —le sonreí.

Capítulo diez

Cuando Carlos y yo llegamos a la casa, después de la escuela, escuchamos las voces de mi mamá y Sofía desde que entramos. Cascarita estaba en el pasillo, gimiendo.

—Por favor, mira que tengo hambre —decía Sofía. Estaban en la habitación de mi mamá.

La voz de mi mamá sonó firme.

—Ya comiste suficiente.

Ay, creo que Sofía vuelve a las andadas, pensé.

Vimos a mi mamá parada frente a su cama, con una caja de galletas en la mano. Sofía estaba justo frente a ella. De pronto, Sofía se echó a reír, corrió hacia mi mamá y la tumbó en la cama. Comenzó una batalla de cosquillas.

Miré a Carlos y le dije:

—¿Ves con las que me tengo que ver todos los días?

Sofía, inmovilizada por mi mamá, nos vio y gritó:

—¡Denme comida! ¡En esta casa no hay nada que comer! ¡Me estoy muriendo de hambre!

—¿Cómo les fue con el proyecto? —preguntó mi mamá, levantándose y acercándose a la puerta de su habitación. Sofía corrió a coger el paquete de galletas.

—Jinjolé estuvo formidable —dijo Carlos.

—¡Por supuesto! —Mi mamá volvió a apoderarse del paquete de galletas.

Todo parecía haber vuelto a la norma-lidad. Hasta la ceja me había vuelto a crecer. Sólo faltaba resolver una cosa.

Al final de la semana, la escuela encontró los fondos necesarios para pintar las paredes. El club decidió celebrarlo. Una de las chicas compró un pastel y le puso doce velitas, una por cada una de nosotras. Nos sentamos en el salón del fondo y les cantamos felicidades a las "paredes limpias." Después de comer el pastel, todas empezaron a hacer bromas sobre mí y sobre Carlos.

—Está bien. Está bien. Es oficial. Carlos y yo somos novios.

—¡Ahhh! Están enamorados —dijo Megan.

—¡Cállate la boca! —le dijo Sofía, riéndose.

Megan subió al máximo el volumen del radio y jugamos con el hacky sack por un rato. Escuché una puerta que se abría. Vi a un chico que se acercaba a nosotras con la cabeza baja. No me había visto, porque de lo contrario no se nos hubiera acercado. Era Brent.

Todo el mundo se dio cuenta de que yo lo miraba y se hizo silencio. La música seguía a todo dar mientras las doce chicas lo veíamos acercarse. Yo no podía creer que ni siquiera nos mirara. Cuando estuvo a punto de pasarnos por al lado, Megan apagó el radio. Brent levantó la vista y me vio. Vio cómo lo mirábamos y se quedó petrificado.

Tiene miedo, pensé.

Sofía ladró como un perro.

Brent se puso rojo y todas las chicas se rieron.

—Jinjolé —trató de decir Brent.

Carlos se irguió.

—Dime —lo miré sin la menor expresión en la cara.

Tenía la cara definitivamente roja. Respiró profundo.

—Deberías saber que yo no soy responsable de todo esto. Te lo juro. Yo no dije ni media palabra sobre ti.

Yo lo miraba fijamente, con las manos en dos puños.

—Fueron los otros chicos —Brent hablaba rápidamente y movía los ojos a toda velocidad—. Me preguntaron qué fuimos a hacer tú y yo al auto. Comenzaron a hacer chistes y así fue cómo empezó todo.

—Sí, lo recuerdo —le dije.

Entonces Carlos le preguntó:

—¿Y qué tú dijiste cuando comenzaron a hacer los chistes?

—Nada —contestó Brent.

—Un momento —no me pude contener—. ¿Así que ellos comenzaron a hablar cosas de mí y tú no dijiste nada?

Me pude dar cuenta de todo. Los otros chicos comenzaron a hacer preguntas y a hacer chistes. Brent se mantuvo en silencio con una sonrisa, triunfante.

Brent dio dos pasos atrás.

—Oye, fue un juego. ¿Por qué te lo tienes que tomar tan en serio?

—Para ti fue un juego. A mí me cambió la vida —dije.

—Bueno, me imagino. Lo siento —Brent dio media vuelta y comenzó a caminar.

Por un momento, no nos movimos. Entonces Sofía se impulsó y lanzó el hacky sack con toda su fuerza. Tuvo una puntería perfecta. Le dio a Brent justo en el trasero. Brent comenzó a correr y desapareció por la puerta. Yo sonreí.

—Creo que el Club debe reunirse periódicamente para mantener el orden en esta escuela —sugerí.

Carlos me tocó con el hombro.

—¿Quieres mantener al mundo en orden?

Le miré los labios. Podía pasarme una eternidad besándolos.

—Quizás. Pero entonces no tendría tiempo para otras cosas —dije.

—¡Ahhhh! —suspiró Megan.

LIBROS EN ESPAÑOL

A punta de cuchillo
(Knifepoint)
9781554698639

A reventar
(Stuffed)
9781554698615

A toda velocidad
(Overdrive)
9781554690558

Al límite
(Grind)
9781554693818

El blanco
(Bull's Eye)
9781554693177

De nadie mas
(Saving Grace)
9781551439693

Desolación
(Outback)
9781459803053

En el bosque
(In the Woods)
9781459801844

La guerra de las bandas
(Battle of the Bands)
9781551439983

Identificación
(I.D.)
9781554691340

Ni un día más
(Kicked Out)
9781554691371

No te vayas
(Comeback)
9781554699704

La otra vida de Caz
(My Time as Caz Hazard)
9781459801875

Los Pandemónium
(Thunderbowl)
9781554691364

El plan de Zee
(Zee's way)
9781459822429

El qué dirán
(Sticks & Stones)
9781551439730

Reacción
(Reaction)
9781459803084

El regreso
(Back)
9781554699735

Respira
(Breathless)
9781554693825

Revelación
(Exposure)
9781554690534

El soplón
(Snitch)
9781554693153

La tormenta
(Death Wind)
9781554691357

Un trabajo sin futuro
(Dead End Job)
9781554690510

La verdad
(Truth)
9781459822436